(N° 25)

CATALOGUE

ESTAMPES

ANCIENNES ET MODERNES

PRINCIPALEMENT

DE L'ÉCOLE FRANÇAISE DU XVIIIᵉ SIÈCLE

en noir et en couleur

EAUX-FORTES MODERNES

DESSINS

ET

Gravures en lots

VENTE

HOTEL DROUOT — SALLE N° 4

Le Samedi 19 Janvier 1884

A UNE HEURE ET DEMIE PRÉCISE

Mᵉ **MAURICE DELESTRE**
COMMISSAIRE-PRISEUR
Rue Drouot, 27

M. DUPONT aîné
MARCHAND D'ESTAMPES
Rue de Seine, 21

PARIS — 1884

CATALOGUE

ESTAMPES

ANCIENNES ET MODERNES

PRINCIPALEMENT

DE L'ÉCOLE FRANÇAISE DU XVIIIe SIÈCLE

EN NOIR ET EN COULEUR

EAUX-FORTES MODERNES

Jacquemart — Meissonnier — Méryon — Millet — Rops, etc.

DESSINS

GRAVURES DIVERSES

PORTRAITS, VIGNETTES ET DESSINS EN LOTS

DONT LA VENTE AURA LIEU

HOTEL DES COMMISSAIRES-PRISEURS, RUE DROUOT, N° 9

Salle N° 4, au 1er étage,

Le Samedi 19 Janvier 1884

A UNE HEURE ET DEMIE PRÉCISE

Par le ministère de Me **MAURICE DELESTRE**, Commissaire-Priseur,
rue Drouot, 27 ;

Assisté de **M. DUPONT** aîné, marchand d'Estampes,
rue de Seine, 21.

PARIS — 1884

CONDITIONS DE LA VENTE

Au comptant.

Les acquéreurs payeront *cinq pour cent* en sus des enchères.

Pour les Dessins, nous avons suivi les attributions de l'amateur.

M. Dupont aîné, chargé de la vente, se réserve la faculté de réunir ou de diviser les lots.

L'ordre du Catalogue sera suivi.

DÉSIGNATION

ESTAMPES

BAUDOUIN

1 — Le Couché de la Mariée, par Moreau le jeune et Simonet.

> Belle épreuve, marges.

2 — L'Enlèvement nocturne, par Ponce.

> Belle épreuve, marges.

BÉNAZECH

3 — Le couronnement de la rosière.

> Belle épreuve en couleur. Encadrée.

BINET

4 — Le Plaisir de la pêche. — Le Chasseur.

> Deux pièces, belles épreuves, marges.

BOLT

5 — Louise et Frédérique, princesses de Prusse.

> Très belle épreuve, toutes marges.

BONNET

6 — Têtes de femmes, d'après Leclère.

> Trois pièces à la sanguine.

7 — Ruines romaines. — Une Vestale. — Le Joueur de musette.

> Trois pièces.

BOSIO

8 — Le Déjeuner.

>Belle épreuve en couleur.

BOUCHER

9 — Le dévot Ermite.

>Très belle épreuve, marges.

10 — Les Bacchantes endormies, par Gaillard.

>Belle épreuve.

11 — Vue de Beauvais. — Enfant avec un chien, etc.

>Trois pièces.

CHARDIN

12 — Les Amusements de la vie privée, par Surugue.

>Très belle épreuve, marges.

COCHIN (C.-N.)

13 — Le Chateau de cartes. — Le Camouflet, par Dupuis.

>Deux pièces, belles épreuves.

14 — La charmante Catin.

>Belle épreuve.

15 — L'enlèvement des Sabines. — Frontispice de l'Ency-
clopédie.

>Trois pièces, belles épreuves.

16 — Vue du port de Rouen, par Lebas et Choffard.

>Belle épreuve imprimée en couleur.

DEBUCOURT

17 — Jouis, tendre mère.

>Belle épreuve, sans marge.

18 — La Marchande de cerises, d'après Carle Vernet.

>Très belle épreuve en couleur ; marges.

19 — Le Marchand de galettes.

>Belle épreuve en couleur. Rare.

DECAMPS

20 — Les Anes sous le toit. — Corps de garde.
>Deux pièces; la première est avant la lettre.

DELACROIX

21 — Arabes au repos.
>Eau-forte originale.

22 — Frère Martin serrant la main de fer de Goëtz.
>Belle épreuve sur chine.

23 — Weisslingen enlevé par les gens de Goëtz.
>Très belle épreuve sur chine.

24 — Goëtz lisant ses mémoires à sa femme.
>Belle épreuve sur chine.

25 — Frantz implorant le pardon de Weisslingen.
>Très belle épreuve sur chine, avec des croquis dans la marge.

DENON

26 — Son portrait. — L'abbé Zani.
>Deux pièces, belles épreuves.

27 — Sujets d'après Rembrandt.
>Quatre pièces.

DIVERS

28 — La recherche des appas.
>Très belle épreuve.

29 — Scène du *Déserteur*.
>Belle épreuve avant la lettre, en bistre.

30 — La Chasse de mon Oye.
>Très belle épreuve.

31 — Les Musards de la rue du Coq.
>Belle épreuve coloriée.

32 — Coiffures, par Desrais.
>Huit pièces, belles épreuves.

DIVERS

33 — **Modes du Costume parisien et autres.**
Vingt-quatre pièces coloriées.

34 — **Cérémonies du Sacre de Louis XV à Reims, deux planches. — Cérémonie des offrandes, etc.**
Quatre pièces.

DORÉ (Gustave)

35 — **Les Saltimbanques, par Émile Vernier.**
Très belle épreuve.

DUPLESSIS-BERTAUX

36 —- **Les Métiers.**
Huit pièces, dont six avant la lettre.

EDELINCK (G.)

37 — **Mlle de Lavallière, en Madeleine, d'après Lebrun.**
Belle épreuve.

38 — **Crispin, d'après Netscher.**
Belle épreuve, marges.

FRAGONARD

39 — **Pâté d'Anguilles. — Le Cocu battu et content, par Lingée et Delignon, in-4°.**
Deux pièces, belles épreuves.

FREUDEBERG

40 — **L'heureuse union, par Bosse.**
Épreuve avec l'encadrement ; marges.

41 — **Le Gage de la fidélité, par Voyez le jeune.**
Belle épreuve, marges.

GAUCHER

42 — **A. F. de Piis.**
Belle épreuve.

GAULTIER (Léonard)

43 — Nicolas de Heere, doyen de Saint-Aignan.
Belle épreuve.

GRATELOUP

44 — Portrait de Louis XV
Belle épreuve.

GRIMOU

45 — La jeune Laborieuse, par Levillain.
Belle épreuve.

GUYOT

46 — Vue des environs de Rome, d'après Pernet.
Très belle épreuve en couleur, marges.

HIMELY

47 — Vue de Rouen, grand in-fol.
Belle épreuve en couleur.

HUET (J.-B.)

48 — L'Amant écouté.
Belle épreuve en couleur, montée en dessin. Encadrée.

49 — L'Amour offrant des présents à Ariane. — Offrande présentée par l'Amour à la Fidélité, par Bonnet.
Deux pièces, belles épreuves, en couleur.

JANINET

50 — La vertu de Lucrèce. — Constance de Coriolan, d'après Moitte.
Deux pièces, belles épreuves.

51 — Costume de Mme de Saint-Aubin. — Mme Dugazon.
Deux pièces. Belles épreuves, en couleur.

52 — Costume de Mlle Dumesnil. — Mme Bellecourt. — Mme Gontier.
Quatre pièces, belles épreuves en couleur.

JANINET

53 — Portraits d'acteurs en pied : La Rive, Clairval, Chénard,
Naudé, Caillot, etc.

Dix pièces, belles épreuves en couleur.

JEAURAT

54 — La Coeffeuse, par Sornique. — La Jeunesse, par Lépicié.

Deux pièces, très belles épreuves, grandes marges.

KAUFFMANN (Ang.)

55 — Lady Bingham, par Watson; in-fol.

Belle épreuve.

LANCRET

56 — Le Printemps, par Audran.

Très belle épreuve, grandes marges.

57 — Le Matin. — Le Midi. — L'Après-Midi. — La Soirée,
par De Larmessin.

Quatre pièces, belles épreuves.

58 — La belle Grecque, par Schmidt.—Amants dans un parc.
par Cochin.

Deux pièces, belles épreuves.

LAUGIER

59 — La Vierge au lapin blanc, d'après le Titien.

Epreuve avant la lettre sur chine. Signée du graveur.

LAVREINCE

60 — Le Billet doux. — Qu'en dit l'abbé, par Delaunay.

Très belles épreuves, marges.

61 — Qu'en dit l'abbé, par Delaunay.

Belle épreuve.

LEGRAND

62 — Adélaïde.

Très belle épreuve en couleur, marges.

LE PRINCE

63 — L'Amour de la gloire, par Néc. — Le Corps de Garde,
par Le Veau.
> Deux pièces, très belles épreuves avant la dédicace.

64 — L'Amour à l'espagnole, par Saint-Aubin.
> Belle épreuve, marges.

LEVASSEUR

65 — La chaufferette. — Le raccommodeur de faïence.
> Deux pièces, belles épreuves.

MARADAN

66 — Mme Bellamy. — Désespoir de Mme Bellamy.
> Deux pièces, belles épreuves.

MONNET

67 — Pièce allégorique sur la Paix, par Tilliard.
> Très belle épreuve avant toutes lettres. Très rare.

MOREAU LE JEUNE

68 — Réductions du Monument du Costume.
> Dix-sept pièces.

PRÉVOST ET LE BEAU

69 — G. Washington. — Louis Philippe duc d'Orléans.
> Deux pièces, belles épreuves, toutes marges.

PRUDHON

70 — Une famille malheureuse. — Une pensée, par Aubry-le-
Comte.
> Deux pièces, belles épreuves.

71 — L'amour. — Plafond de Diane. — Entre le vice et la
vertu. — Le Repentir.
> Quatre pièces, belles épreuves.

72 — Joséphine, impératrice. — L'Assomption. — La Richesse.
— Enlèvement d'Europe, etc.
> Six pièces.

QUEVERDO

73 — La Comtesse de Provence, par Duhamel.
Belle épreuve, toutes marges.

74 — Le duc de Penthièvre, par Dupin.
Très belle épreuve.

RAFFET

75 — Scène de bataille.
Eau-forte originale, sur chine. Rare.

ROWLANDSON

76 — Bonnes nouvelles. — Mauvaises nouvelles.
Deux pièces en couleur.

SCHEFFER (Ary)

77 — Mignon regrettant sa patrie. — Mignon aspirant au ciel.
Deux pièces, belles épreuves.

SHALL

78 — Le Bouquet impromptu, par Legrand.
Épreuve en couleur, grandes marges.

79 — Le Gascon puni, par Laindor.
Belle épreuve.

VANGÉLISTI

80 — Louis Henri de Bourbon-Condé, duc de Bourbon.
Très belle épreuve, toutes marges.

VERNET (Carle)

81 — L'Anglomane. — L'inconvénient des perruques.
Deux pièces en couleur, grandes marges.

VOYEZ le Jeune

82 — Les Regrets. — Sainte Madelaine, d'après Le Brun.
Deux pièces, belles épreuves.

WATTEAU

83 — L'Automne, par Audran.

Très belle épreuve, marges.

84 — Pierrot. — Arlequin. — Colombine, par Crépy le fils.

Trois pièces, belles épreuves.

85 — L'Enjoleur, par Aveline. — Le Frileux, par Moyreau. — La Déesse, par Huquier.

Trois pièces, belles épreuves.

86 — Le docteur Missaubin. — La Sculpture. — Costumes et études.

Six pièces.

WILLE

87 — Le Maréchal des Logis.

Très belle épreuve avant toutes lettres et avant les armes.

88 — La Gazetière hollandaise.

Belle épreuve, fatiguée.

89 — La Maîtresse d'école. — La petite écolière. — La Tante de Gérard Dow. — La Ménagère hollandaise. — Jeune joueur d'instrument.

Cinq pièces.

EAUX-FORTES MODERNES

ANONYME

90 — Portrait de Georges Sand.

Épreuve avant la lettre.

BERNE-BELLECOUR

91 — La Dame à l'éventail.

Épreuve d'artiste, sur japon.

92 — Japonaise.

Épreuve d'artiste, sur japon.

93 — Viendra-t-elle?

Epreuve d'artiste, sur japon.

BRACQUEMOND

94 — Le haut d'un battant de porte.
Epreuve d'artiste, sur japon.

95 — L'Inconnu.
Epreuve avant la lettre, sur japon.

96 — Ils s'en allaient dodelinant.
Epreuve avant la lettre, sur japon.

97 — Vanneaux et Sarcelles. — Les Taupes.
Deux pièces.

98 — Le Corbeau. — Frontispice.
Deux pièces.

99 — Le Miroir. — La Peinture, d'après Chaplin.
Deux pièces.

100 — Don Quichotte, d'après Goya. — Scène de Rabelais.
Deux pièces avant la lettre.

BROWNE (John-Lewis)

101 — Programme d'une fête.
Epreuve avant la lettre. Rare.

BUHOT

102 — Les Champs-Élysées.
Epreuve d'artiste.

CHAPLIN

103 — Les Bulles de savon.
Epreuve avant la lettre, sur japon.

104 — Les Colombes.
Epreuve avant la lettre, sur japon.

105 — Roses de mai. — La Jarretière.
Deux pièces avant la lettre, sur japon.

106 — Les Faneuses. — La Pêche.
Deux pièces avant la lettre, sur chine.

107 — La Fileuse. — La Musique.
Deux pièces avant la lettre, sur chine.

COURTRY

108 — Intérieur flamand, d'après Pille
Épreuve d'artiste, sur japon.

DETAILLE

109 — Chasseur à cheval.
Épreuve avant la lettre, sur japon.

110 — Cuirassier à cheval.
Épreuve avant la lettre, sur japon.

FLAMENG (Léop.)

111 — Le Joyeux Compagnon, d'après Hals.
Épreuve avant la lettre, sur japon.

112 — Hassan et Namouna, d'après Henri Regnault.
Épreuve avant la lettre, sur chine.

113 — Jeune fille, d'après Greuze.
Épreuve avant la lettre, sur chine.

114 — Le Géographe, d'après Vander Meer.
Épreuve avant la lettre.

115 — Femme d'Utrecht. — Saskia, d'après Rembrandt.
Deux pièces avant la lettre ; la première est sur chine.

116 — Vignettes pour Jeanne d'Arc, la Nuit de Noël, Cromwell.
Dix pièces avant et avec la lettre.

GAILLARD (F.)

117 — L'Homme à l'œillet.
Très belle épreuve avant la lettre sur chine. Encadré.

118 — Tête de cire.
Épreuve avant la lettre sur chine.

119 — Le Pape Pie IX.
Belle épreuve.

120 — Le Pape Léon XIII ; deuxième planche, sans entourage.
Belle épreuve.

GAILLARD (F.)

121 — Mgr Pie, évêque de Poitiers.

Très belle épreuve avant la lettre, sur chine.

GILLI

122 — Une Tentation.

Belle épreuve, sur japon.

GOUPIL (J.)

123 — Sous le Directoire.

Epreuve avant la lettre, sur japon.

JACQUEMART

124 — Avant le bal.

Epreuve avant la lettre, sur japon.

125 — Une Génoise.

Epreuve avant la lettre, sur japon.

126 — Une Exécution au Japon.

Epreuve avant la lettre.

127 — Portrait de Rembrandt.

Très belle épreuve avant la lettre.

128 — Trépied, par Goutière. — Vase à boire.

Deux pièces; la première est sur chine.

129 — L'Écureuil et la Mouche.

Belle épreuve.

130 — Plantes de serre.

Trois pièces.

LALAUZE

131 — Le Baiser, d'après Fragonard.

Epreuve d'artiste, sur japon.

132 — Étude, d'après Prudhon.

Epreuve d'artiste, sur japon.

133 — Ophélie.

Epreuve avant toutes lettres.

LALAUZE

134 — Portrait de Marie Leckzinska, en pied.

> Epreuve d'artiste. Signée.

LANÇON (A.)

135 — L'Exercice.

> Epreuve avant la lettre.

LAURENS (Pauline)

136 — Une Italienne.

> Epreuve avant la lettre, sur japon.

LECOUTEUX (Lionel)

137 — Centaure et Centauresse.

> Epreuve d'artiste, sur chine.

LEGROS

138 — Jeune fille.

> Epreuve d'artiste.

LELOIR (Louis)

139 — Un Raffiné.

> Epreuve avant la lettre, sur chine.

140 — Le Trompette.

> Epreuve avant la lettre sur japon.

LE RAT

141 — La Vierge et l'Enfant Jésus, d'après Memling.

> Epreuve d'artiste, sur japon.

142 — Portrait de femme, d'après Porbus.

> Epreuve avant la lettre.

LOS RIOS

143 — Dans la prairie.

> Epreuve d'artiste sur chine avec des croquis dans la marge.

LUMINAIS

144 — Désespoir.

> Epreuve avant toutes lettres, sur chine.

MEISSONIER

145 — Le Fumeur.

Eau-forte originale.

146 — Polichinelle.

Eau-forte originale.

MEISSONIER (d'après)

147 — Le Liseur, par Rajon.

Très belle épreuve. Encadrée.

148 — Une Lecture chez Diderot, par Mongin.

Belle épreuve.

149 — Un Homme de guerre, par Flameng. — Arquebusier, par Duvivier. — Porte-drapeau, par A. Greux.

Trois pièces, belles épreuves.

MÉRYON (Ch.)

150 — Son Portrait, dans un médaillon, par Bracquemond.

Belle épreuve avant le monogramme et les vers.

151 — Son Portrait, assis sur une chaise.

Belle épreuve avant le monogramme et avant la lettre.

152 — Le Petit-Pont.

Très belle épreuve avant la lettre.

153 — Tourelle de la Rue de l'École-de-Médecine.

Belle épreuve sur chine.

154 — Passerelle du Pont-au-Change.

Belle épreuve sur chine.

155 — Jean Besly. — François Viete.

Deux pièces, belles épreuves.

156 — René de Burdigale. — Jacques Bizeul.

Deux pièces, belles épreuves.

MILLET (J.-F.)

157 — La Cardeuse.

Très belle épreuve sur papier ancien.

MILLET (J.-F.)

158 — La Couseuse.
   Très belle épreuve sur papier ancien.

159 — La Barateuse.
   Très belle épreuve sur papier ancien.

160 — La Bergère assise.
   Très belle épreuve sur japon.

161 — La Femme au seau.
   Très belle épreuve sur japon.

162 — La Femme à la bouillie.
   Très belle épreuve.

MONGIN

163 — Une Exécution à Tanger, d'après Henri Regnault.
   Épreuve avant la lettre sur chine.

MONZIÈS

164 — Le Joueur de mandoline.
   Épreuve d'artiste, sur japon.

NANTEUIL (CÉLESTIN)

165 — Jacintha.
   Très belle épreuve avant la lettre.

NITTIS (DE)

166 — Odalisque.
   Épreuve d'artiste sur japon.

PROTAIS

167 — Le Drapeau.
   Épreuve avant la lettre sur japon.

RAJON

168 — Relais de chiens. — Le Hache-paille égyptien.
   Deux pièces, belles épreuves.

RIBOT

169 — La Recette.
   Très belle épreuve avant la lettre.

ROPS

170 — L'Olivierade.
>Epreuve avant la lettre, sur japon.

171 — La Femme au trapèze.
>Epreuve avant la lettre, sur japon.

172 — Jeune femme vue de dos.
>Epreuve d'artiste.

173 — Le Peintre en campagne. — Vieillard assis.
>Deux pièces avant la lettre.

174 — Au Concert. — Le Liseur.
>Deux pièces épreuves d'artiste.

175 — Menus. — Lettrines. — Vignettes.
>Cinq pièces.

ROUFFIO

176 — Hérodiade.
>Epreuve avant la lettre, sur chine.

ROYBET

177 — Un Fou, sous Henri III.
>Epreuve avant la lettre.

VEYRASSAT

178 — Le Maréchal-ferrant.
>Epreuve avant la lettre.

WALTNER

179 — La Vierge assise sous un dais, d'après Humbert.
>Epreuve avant la lettre.

180 — Madame Bischoffsheim, d'après Millais.
>Très belle épreuve.

181 — Jacqueline Van Caestre, d'après Rubens.
>Très belle épreuve.

182 — Lady Ellenborough, d'après Thomas Lawrence.
>Belle épreuve.

183 — Portrait de Mlle Masson, d'après Paul Dubois.
>Belle épreuve.

WORMS

184 — La Recette.

> Épreuve avant la lettre, sur chine.

DESSINS

185 — ANONYMES. — Démolition du Port de Brest; vue prise de l'atelier de serrurerie. Composition animée d'un grand nombre de personnages.

> Très belle aquarelle. Encadrée.

186 — Femme assise.

> Beau dessin aux trois crayons. Encadré.

187 — BALTARD. — Intérieur d'une église.

> Beau dessin à l'aquarelle. Encadré.

188 — BOREL (A.). — Henri IV chez le meunier.

> Dessin à l'encre de Chine. Encadré.

189 — BOUCHER. — Jeune femme avec un enfant.

> Beau dessin à la sanguine. Encadré.

190 — CARMONTELLE. — Scène de théâtre, avec trois personnages.

> Joli dessin à l'aquarelle. Encadré.

191 — Portrait d'une actrice.

> Dessin à la sanguine. Encadré.

192 — COCHIN (C. N.). — Vignette.

> Joli dessin à l'encre de Chine et à la sépia. Encadré.

193 — FREUDEBERG. — Scène d'intérieur.

> Beau dessin à l'aquarelle. Encadré.

194 — GILBERT. — Palais et monuments divers

> Cinq jolis dessins à l'encre de Chine et à la sépia.

195 — Vues intérieures de théâtres, palais et habitations.

> Dix jolis dessins à l'encre de Chine, à la sépia et à l'aquarelle.

196 — HOGARTH. — Réunion de médecins.

> Très joli dessin à la sépia. Encadré.

197 — ISABEY et autres. — Costumes.
   Sept dessins à l'aquarelle.

198 — NATOIRE. — Pan et Syrinx.
   Beau dessin à la sépia.

199 — NICOLLE. — Ruines romaines
   Joli dessin à la sépia, signé. Encadré.

200 — Ruines romaines.
   Dessin à la sépia. Encadré.

201 — SAINT-AUBIN. — Église des Chartreux, à Rome.
   Joli dessin à l'encre de Chine et à la sépia. Encadré.

202 — Sujet et paysage.
   Deux dessins à la plume et à la sanguine.

203 — WAILLY (de). — Vue intérieure d'un palais.
   Beau dessin à l'aquarelle. Signé.

GRAVURES ET DESSINS

EN LOTS

204 — **Gravures diverses** anciennes et modernes. Quinze lots.

205 — **Portraits** anciens et modernes. Souverains, portraits de femmes et de personnages historiques, acteurs et actrices. Environ vingt lots.

206 — **Vignettes** d'après Eisen, Cochin, Gravelot, Marillier, Moreau, Desenne, Johannot et autres; suites de vignettes pour l'illustration. Vingt-cinq lots.

207 — **Vues** de Paris et de France. Plusieurs lots.

208 — **Dessins** anciens et du dix-huitième siècle. Environ quinze lots.

209 — Sous ce numéro seront vendues plusieurs pièces non cataloguées, encadrées et en feuilles.

Paris. — Imprimerie Pillet et Dumoulin, 5, rue des Grands-Augustins.

www.ingramcontent.com/pod-product-compliance
Lightning Source LLC
LaVergne TN
LVHW012154170726
843503LV00009B/4174